AF329215

7552

EPITAPHE

DV PETIT CHIEN LYCO-PHAGOS,

PAR

Couttault son Conculinaire &
successeur en charge d'office,
à toutes les legions des chiens
Academiques.

Par VINCENT DENYS
Perigordien.

Arriere pleureux Heraclite,
Nous ne pleurons pas comme vous;
Nos pleurs sont ris de Democrite,
Car pleurer, c'est rire chez nous.

A PARIS,

Chez IEAN LIBERT, demeurant
ruè S. Iean de Latran.
1613.

LE LIVRE AV LECTEVR.

Les Cenſeurs qui ſeront marris
Denoſtre ioye & de nos ris,
Et qui ne daigneront me lire,
Ne ſont pas hommes de raiſon :
Car par tout, en toute ſaiſon,
Le propre de l'homme eſt de rire.

In tenui labor, at tenuis non gloria.

La peine eſt en choſe petite,
Mais l'honneur d'aſſez grand merite.

Aduertiſſement & ſalut

AV LECTEVR.

A M y Lecteur, l'aſſoupiſſement lethargique qui auoit ſaiſi les hypocondres de Courtault, & ſembloit rendre preſque inexplicable la douleur qu'il auoit conceuë ſur la mort de Lyco-phagos ſon Conculinaire, ayant à la par-fin ouuert les catadoupes de ſon cerueau, & donné paſſage à toutes les Cataractes de ſes yeux, luy a faict deſbonder vn cataclyſme de larmes ſur le funeſte reliquat de ſa deſolation. C'eſt pourquoy il ne ſe faut pas eſtonner ſi ſes periodes ne ſont triees, comme l'on dict, ſur le volet; ſi ſes pointes ſont groſſierement ſurjettées, le paſſe-poil de ſa ſubtilité vilageoiſement appliqué, ſes diſpoſitions mal-flanquées, ſes epiphonemes entrecouppez, ſes inuentions decouſuës, & la tiſſure de ſon ſtyle ineptement cadancee; car l'eſtourdiſſement d'vn coup tant inopiné luy a faict perdre ſa Tramontane : ſi que pour des antonomaſies d'eloquence, il n'a peu rien produire que des pleonaſmes de regrets, metatheſes de confuſion & hyperbates de triſteſſe, ainſi que le diſcours ſuiuant le t'aprendra, ſi tu daignes y adiouſter le iugement de ton Optique, & ouurir les reſſorts de ton oreille. Adieu.

EPITAPHE

DV CHIEN DV GASCON,
sur la mort de Lycophagos.

HElas! qu'est deuenu mon maistre?
Est-il vray que Lyco-phagos
Soit attrapé par Atropos,
Ou qu'elle l'âye occis en traistre?
Ie croy que cela ne peut estre,
Ains pense que pour son repos,
Ou pour compliment de son los
Au ciel les Dieux l'ont voulu mettre.
Ne craignez plus, ô moissonneurs,
Les insuportables chaleurs
Dont vostre sein en Esté busle,
Mange-loup au ciel transporté
Moderant les chaleurs d'Esté
Doit temperer la canicule.

Complaincte de Courtault ſur la mort de Lyco-phagos, Rotiſſeur du College de Reims, ſon Conculinaire.

CY riſt ſoubs ceſte motte verte,
Le dos au vent, le ventre à l'erte,
Mon collegue Lyco-phagos,
Que la mort a trouſſé en crouppe
Pour auoir trop mangé de ſouppe
Et trop auallé de gigos.
Lyco-phagos la pauure beſte,
Qui faiſoit ſa petite queſte
Dedans le College de Reims ;
Pour renforcer, choſe equitable,
Du ſeul reliquat de la table
Ses muſcles, ſes nerfs, & ſes reins.
Lyco-phagos autant habile
Que chien qui fuſt en ceſte ville
A chaſſer aux rats & ſouris.
Lyco-phagos par priuilege
Roy des animaux du College,
Et Doyen des chiens de Paris,
Lyco-phagos galland & leſte:
Lyco-phagos graue & modeſte

A iij

Autant qu'on sçauroit souhaitter ;
Soit qu'il tint à mon maistre escorte,
Soit qu'il conduisist à la porte
Ceux qui le venoient visiter.
Lyco-phagos, qui souloit estre
Le contentement de mon maistre.
Lyco-phagos sage & discret,
Lors que d'vne mine friande
Pour mieux attraper la viande
Il luy descouuroit son secret,
Ou quand pour plaire à tout le monde
Il faisoit à table la ronde
Comme vn maistre de regiment,
Puis d'vne trogne politique
Mettoit sa science en pratique
Pour soigner à son aliment.
Que si mon maistre en compagnie
N'auoit pas de soin de sa vie
Discretement il le frappoit,
Et de sa patte le bon drolle
Sçauoit si bien ioüer son rolle
Que quelque chose il attrapoit.
Non qu'il ait faict par impudence
A table quelque irreuerence :
Mais c'est qu'il charmoit tellement
Ceux qu'il regrattoit par derriere,
Qu'il falloit en quelque maniere
Recognoistre son gratement.

S Qui n'admireroit son adresse,
on artifice & sa finesse?
Quand mon maistre vouloit sortir,
Soit tout seul, soit en compagnie,
Il couroit à la galerie
Iusqu'à tant qu'il falloit partir.
Là tousiours il l'alloit attendre
A l'instant qu'il luy voyoit prendre
Sa grande robbe ou son manteau,
Et sembloit né pour tousiours suiure
Celuy qui luy donnoit à viure,
Tant par terre que par batteau.
Or suiuant mon maistre à la ville
D'vne façon plus que ciuile,
Vous eussiez dit d'vn estaphier
Ou d'vn chien de sommellerie,
Nourry tout le long de sa vie
Dans la cuisine de Couëssier.
Chien d'admirable preuoyance,
Autant que chien qui fut en France:
Voire plus qu'on ne peut penser;
Lors qu'au milieu de quatre ruës
Il choisissoit les aduenuës
Où son maistre deuoit passer.
En ville il alloit à gambette,
Aux champs il sautoit sur l'herbette
Pour les taupes escarmoucher:
Et puis leur denonçant la guerre,

Il fouilloit si profond la terre,
Qu'il sembloit y vouloir coucher.
Il eut jadis pour son manege
La cuisine de ce College,
Où dans vne rouë de bois
Tantost à bons, puis à courbette
On a veu ceste pauure beste
Comme moy, tourner mille fois.
Ores proche de la marmite
Faisant la bonne chatemite,
Sur la viande il meditoit,
Puis soignant à son aduantage,
Il suiuoit de pres le potage
Quand le seruiteur le portoit.
Ores de sa petite patte
Grattant, & regrattant la natte,
Quand il fleuroit la venaison
Il monstroit par experience
Les beaux effets de sa science
Par tous les coings de la maison.
Quelle ioye à toy, *Trois oreilles,
D'ouyr les douleurs nompareilles
Que ie resens de ceste mort?
Desormais repose à ton aise
Entre le tison & la braise
Puis que Lyco-phagos est mort.
Lyco-phagos ton aduersaire
Ne te sçauroit aucun mal-faire

*Lapin
de Mr.
de Na-
uieres.

Comme

Comme il faisoit auparavant,
Lors que sautant sur ta croupiere
Il t'attaquoit par le derriere,
Ou t'assailloit sur le deuant.
O qu'il seroit plus desirable
Que la mort eust froißé ton rable,
Ou que la cruelle Atropos
T'eust occis pour te mettre en paste,
Que d'auoir esté tant ingratte
A mon pauure Lyco-phagos!
Lyco-phagos chien de police,
Chien expert en toute milice,
Chien exempt de tout larrecin,
Qui ne fist aucune entreprise,
Sinon sur quelque patte grise
Ou sur le pied d'vn Medecin.
Encor c'estoit par aduenture,
Lors que sa pesante nature
Le rendoit vn peu moins courtois :
Faute legere & pardonnable!
» Car l'homme, qui est raisonnable,
» Se courrouce bien quelquefois.
Toutefois pour estre seuere
Il en porta la folle-enchere;
Cruauté contre vn pauure chien!
Lors que d'vne vieille rapiere
On luy donna dans la visiere,
Croyant qu'il n'y verroit plus rien.

B

Hé! quand ie vis par malencontre
  Le defaſtre de ce rencontre
  Où Lyco phagos fut bleßé;
  C'eſt, dy-ie, a l'inſtant vn augure,
  Qui preſage ſa mort future
  Deuant qu'Octobre ſoit paßé.
Ce malheur me rendit Prophete:
  Car ſuiuant mon maiſtre vne feſte
  Alors qu'il alloit au feſtin,
  Il receut ſon dernier ſupplice
  Chez le Curé de ſainct Sulpice
  Par vn inopiné deſtin.
Qui le croira! par ialouſie
  Lyco-phagos qui en ſa vie
  Eut le cœur noblement placé,
  Miſt tant de potage en ſon ventre
  Et farcit tellement ſon centre
  Que la mort la mis in pace.
Mort cruelle & inſuportable
  De l'auoir ſurpris à la table
  Pour l'eſtrangler ſur la minuit!
  Mort impitoyable & farouche!
  Ainſi faut-il que ie t'abbouche
  Tant ceſte trahiſon me nuit.
Tu fais voir par ce Canicide
  Que tu es bien traiſtre & perfide,
  Sans reuerence, & ſans amour,
  Quand par des actions funebres

Ton delict cherche les tenebres,
Fuyant la lumiere du iour.
Tu le prens à minuict en traistre,
Couché soubs le lict de mon maistre,
Luy liurant les derniers assauts :
Il tesmoigne ta perfidie
Au milieu de sa maladie
Par mille bons & mille sauts.
Il monte, remonte & deualle,
Vient & reuient parmy la Sale
Pour chercher quelque allegement,
Et lors que le mal le trauaille
Ne pouuant vuider sa tripaille
Il meurt saoul comme vn Alemand.
Helas, qu'elle perte & dommage !
Pour auoir mangé du potage
Faut-il que Mange-loup soit mort ?
Mange-loup mon Conculinaire,
Mon contentement ordinaire,
Mon passe-temps & reconfort ?
Mange-loup Chien Academiste,
Chien assez sçauant Alchimiste :
Soit qu'il soufflast pres du brasier
Le nez plat comme vne punaise,
Ou reniflast contre la braise,
Le ventre enflé comme vn cuuier.
Pauure Courtault, toute esperance
Est morte pour toy dans la France !

B ij

Puis, helas! que Lyco-phagos
Autheur de ta bonne aduenture
Sert fatalement de pasture
Aux Taupes, & aux Escargôs.
Tu succedes à son office,
Mais c'est vn petit benefice
Au prix du mal que tu ressens,
Ayant perdu (regret extresme!)
La vraye Image de toy-mesme,
Et l'vnique objet de tes sens.
Encor si la sœur Filandiere
L'eust rauy d'vne autre maniere,
On supporteroit sa rigueur:
Mais, ô creue-cœur! quand ie pense
Quelle l'a trahy par la panse,
Cela me faict fendre le cœur.
Falloit-il que sur ta vieillesse
Ceste maudite piperesse
Mange-loup triompha de toy?
Mange loup pour ta reuerence,
Digne de quelque recompense
Au coing de la table du Roy.
Lyco-phagos, ie te proteste,
Que pour vn acte si funeste
I'abboyeray incessamment
Iusqu'à tant que le Chien Cerbere
Punisse la Parque seuere
Qui t'a trompé si laschement.

Que ſi mon deuïl ne le conuie
A venger l'honneur de ta vie,
Pour lors iuſtement irrité,
Ie mettray en fougue & colere
Alencontre de ce Faux-frere
Les chiens de l'Vniuerſité.
I'en feray moy-meſme iuſtice,
Et ſans crainte d'aucun ſupplice
Ie deſcendray dans Phlegeton
Ou pres de l'infernale forge,
Ie l'eſtrangleray par la gorge
A la preſence de Pluton.
Mes diſcours ne ſont point ſornettes,
Car ie porte au col des ſonettes
Pour faire entendre ma douleur,
Et publie, faiſant ma ronde
Par tous les carrefours du monde
Les effects d'vn ſi grand malheur.
C'eſt donc à toy race Canine
Que mon Coriual de cuiſine
A recours pour eſtre vangé.
A toy maintenant ie deſdie
Les ſanglots de ceſte Elegie,
Pour eſtre en mes pleurs ſoulagé.
Et fuyant toute ingratitude
En qualité de chien d'eſtude
I'ay ces carmes elabouré,
Où tu verras la galantiſe,

Les mœurs, la mort, la mignardise
De mon Camerade enterré.
Adieu te dis mon Camerade,
I'ay peur de deuenir malade
En pleurant ton enterrement.
Adieu mon compagnon d'eschole,
Que pour le dernier coup i'acole
Le dehors de ton monument.
Et si les chiens ont souuenance
De ceux qui ont leur ressemblance,
Ie te coniure viuement
D'auoir Courtault en ton Idee;
Car ie suis l'Image empruntee
De ton naturel ornement.
Que si la sterile nature
Ma formé d'vne autre figure
Que tu n'estois, Lyco-phagos,
Pour le moins i'ay le mesme office,
Et seruant en mesme police,
Porte vn mesme faix sur mon dos.
Et qui pis est, cas lamentable!
Pour me rendre à toy plus semblable,
Bien que ce fust contre mon gré,
A cause de mes demerites,
Me rendant leger de deux pites,
Apres ta mort on ma hongré.
Ie suis Courtault à toute outrance,
Si Courtault iamais fut en France.

Mais ce qui me met en courroux,
C'eſt que ma nature infertile
Faict qu'on me prent ſouuent en ville
Pour vn chien de Toupinamboux.
Mange-loup donc ie te coniure
Par les ſupplices que i'endure,
De te ſouuenir de mes maux,
Croyant que ſi cela peut eſtre,
Ie me dois dire ſous mon maiſtre
Le plus heureux des animaux.
Ie coniure auſſi ta puiſſance
De faire aux ſeruiteurs deffence
De iamais ne me tourmenter,
Par menace ou par baſtonnades,
Quand ie viens de mes promenades,
Car ie ne puis les ſupporter.
Ainſi puiſſent pres de ta foſſe
Abboyer les Maſtins d'Eſcoſſe
Qui ſont dans l'Vniuerſitè,
Sans rompre deſormais la teſte
Par leur abboyante tempeſte
Dans la ville ou dans la cité.
Ainſi puiſſent ſur ceſte terre
Iapper les Dogues d'Angleterre,
Accompagnez des chiens d'Artois,
Pleurants ſans ceſſe & ſans meſure
Sur le bord de ta ſepulture
La mort d'vn petit Chien François.

F I N.

REGRETS DV PICARD,
sur la mort de Lycophagos.

PLeurez largement à ce coup
La mort du petit Mange-loup
Broches, chenets & lesche-frites;
Car de reuoir Lycophagos
Tourner le rost pres des fagôs
Les esperances en sont frittes.

Par vn detestable moyen
La rouë pert son citoyen,
Le College son Commissaire;
Mon maistre pert son precurseur,
La cuisine son rotißeur,
Et Courtault son Conculinaire.

Tant de malheurs en vn monceau
Me font detester le morceau
Qui mist Mange-loup hors du mondè:
Et pour la douleur que ie sens
En chasque endroit de mes cinq sens,
Peu s'en faut qu'en pleurs ie ne fonde.

Si que redoublant mes ennuits
Tous les iours & toutes les nuiɛts,
Ie vay martelant ma poiɛtrine,
Et prie pour luy Lucifer
Que s'il doit seruir en Enfer,
Il ne serue qu'à Proserpine.